¡ES UNA BOA CONSTRICTORA!

por Tessa Kenan

BUMBA BOOKS™ en español

EDICIONES LERNER ◆ MINNEAPOLIS

Nota para los educadores:

En todo este libro, usted encontrará preguntas de reflexión crítica. Estas pueden usarse para involucrar a los jóvenes lectores a pensar de forma crítica sobre un tema y a usar el texto y las fotos para ello.

La traducción al español fue realizada por Annette Granat.

ediciones Lerner
Una división de Lerner Publishing Group, Inc.
241 First Avenue North
Mineápolis, MN 55401, EE. UU.

Si desea averiguar acerca de niveles de lectura y para obtener más información, favor consultar este título en www.lernerbooks.com

Library of Congress Cataloging-in-Publication Data

Names: Kenan, Tessa.
Title: ¡Es una boa constrictora! / por Tessa Kenan.
Other titles: It's a boa constrictor! Spanish
Description: Minneapolis : Ediciones Lerner, [2018] | Series: Bumba books en español. Animales de la selva tropical | Audience: Age 4–7. | Audience: Grade K to grade 3. | Includes bibliographical references and index.
Identifiers: LCCN 2016054206 (print) | LCCN 2016057311 (ebook) | ISBN 9781512441260 (lb : alk. paper) | ISBN 9781512454079 (pb : alk. paper) | ISBN 9781512449679 (eb pdf)
Subjects: LCSH: Boa constrictor—Juvenile literature. | Rain forest animals—Juvenile literature.
Classification: LCC QL666.O63 K4518 2018 (print) | LCC QL666.O63 (ebook) | DDC 597.96/7—dc23

LC record available at https://lccn.loc.gov/2016054206

Fabricado en los Estados Unidos de América
3-1008804-26165-9/6/2022

Tabla de contenido

Las boas se arrastran

Las boas constrictoras

son serpientes.

Viven en las selvas

tropicales.

Las boas saben nadar.

Pero por lo general se quedan

en la tierra.

Pueden vivir en troncos huecos.

A veces viven en las madrigueras.

Las boas pueden ser

de distintos colores.

También pueden tener distintas

marcas en su piel.

Esta boa es verde.

¿Por qué piensas que las boas pueden ser de distintos colores?

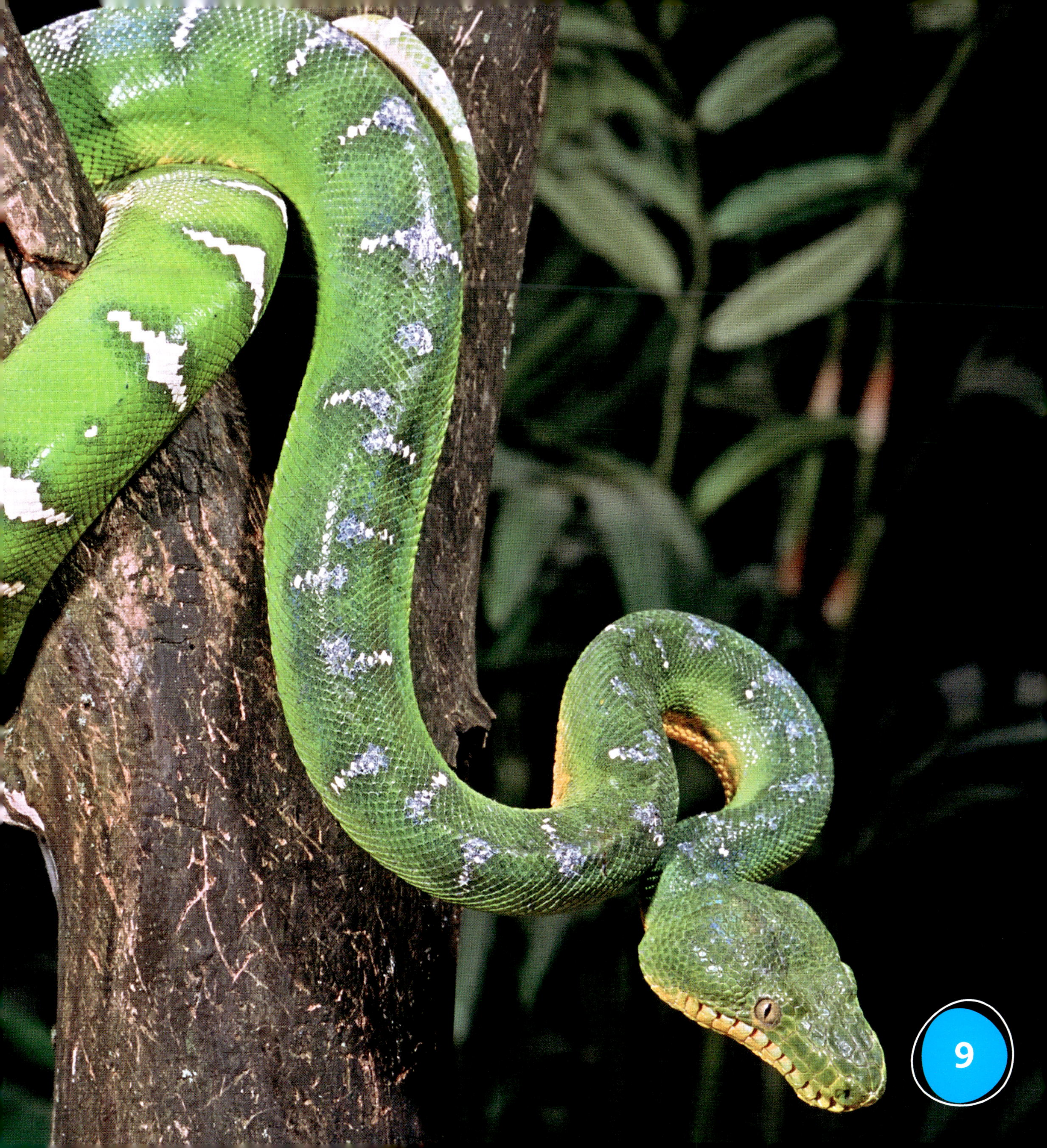

Las boas cazan de noche.

Abren mucho sus mandíbulas.

Las boas usan sus dientes pequeños para atrapar y agarrar a su presa.

¿Para qué les sirve a las boas poder abrir mucho sus mandíbulas?

Entonces las boas aprietan a su presa.

Las boas envuelven a su presa apretadamente con su cuerpo.

Esto la mata lentamente.

La boa se traga a su presa entera.

Las mamás boas pueden tener sesenta bebés de una sola vez. Los bebés dejan a la madre enseguida.

Las boas bebés ya saben cómo cazar.
También saben cómo esconderse
de los animales más grandes.

¿Qué tipos de animales pueden cazar las boas?

Las boas crecen mucho.

Nunca dejan de crecer, aunque se hagan viejas.

¡Pueden ser tan largas como un carro!

Las boas viven solas.

Pueden vivir hasta

treinta años.

Partes de una boa constrictora

Glosario de las fotografías

constriñen

aprietan

madrigueras

huecos o túneles que los animales escarban en la tierra

presa

animales que son cazados por otros animales

selvas tropicales

bosques tropicales densos donde cae mucha lluvia

Leer más

Hansen, Grace. *Snakes*. Minneapolis: Abdo Kids, 2015.

Rake, Matthew. *Scaly, Slippery Creatures*. Minneapolis: Hungry Tomato, 2016.

Raum, Elizabeth. *Taipans*. Mankato, MN: Amicus High Interest/Amicus Ink, 2016.

Índice

Crédito fotográfico

Las fotografías en este libro se han usado con la autorización de: © BMCL/Shutterstock.com, pp. 4–5; © Patrick K. Campbell/Shutterstock.com, p. 6; © JohnPitcher/iStock.com, p. 9; © Ryan M. Bolton/Shutterstock.com, pp. 10–11; © JedsPics_com/iStock.com, pp. 12–13, 23 (esquina superior izquierda); © John Cancalosi/Alamy Stock Photo, p. 14; © Eric Isselee/Shutterstock.com, pp. 17, 22; © guentermanaus/Shutterstock.com, p. 18; © Roy Palmer/Shutterstock.com, pp. 20–21; © sasimoto/Shutterstock.com, p. 23 (esquina superior derecha); © tryptophanatic/Shutterstock.com, p. 23 (esquina inferior izquierda); © Christopher Meder/Shutterstock.com, p. 23 (esquina inferior derecha).

Portada: © reptiles4all/Shutterstock.com.